D1270341

(k)

(k)

Épisode

12

Je ne me suis pas tuée

Sophie Bienvenu

BIBLIOTHÈQUE
J-POINTE AUX TREMBLES
VILLE DE MONTRÉAL

RETIRÉ DE LA COLLECTION DE LA BIBLIOTHÈQUE DE LA VILLE DE MONTRÉAL

Illustrations de
Salgood Sam

la courte échelle

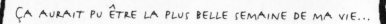

ÇA AURAIT PU ÊTRE LA PLUS BELLE SEMAINE DE MA VIE...

... CELLE OÙ MES PARENTS ONT ACCEPTÉ QUE KEVIN DORME À LA MAISON.

Ton chum et son frère peuvent rester ici, cette nuit.

... CELLE OÙ KEVIN ET MATTHIAS SONT QUASIMENT DEVENUS DES MEMBRES DE MA FAMILLE.

De: Moi
À: Kevin
Date: Vendredi 02 janvier
À: 09:34

Réponds au téléphone s'il te plaît, laisse-moi t'expliquer.
On peut se voir?

De: Moi
À: Kevin
Date: Vendredi 02 janvier
À: 09:48

S'il te plaît, réponds-moi.

De: Moi
À: Kevin
Date: Vendredi 02 janvier
À: 10:17

Kevin, t'es là? Réponds-moi s'il te plaît!

Je vais avoir un petit frère ou une petite sœur.

N'importe qui se réjouirait sûrement, mais n'importe qui n'aurait pas réfléchi avant.

N'importe qui m'énerve.

L'arrivée de ce nouveau membre de la famille implique deux choses :

1. Mes parents ont encore une vie sexuelle.

2. Mon quotidien va être perturbé.

J'essaie tant bien que mal de repousser les images mentales que la première affirmation m'inspire ; il en va de la sexualité parentale comme du traitement inhumain des animaux dans les abattoirs : je ne veux pas savoir que ça existe.

En ce qui concerne le deuxième point, il serait impossible de commencer à dresser une liste exhaustive de toutes les perturbations que la présence d'un bébé entraînera dans mon quotidien et de toutes les réactions en chaîne que cela occasionnera. Avec l'arrivée de cet enfant, c'est sûr que mes parents ne voudront pas adopter Matthias et Kevin (enfin bon, je n'y croyais pas vraiment). Mais surtout, je peux dire adieu à ma vie sociale : désormais, je vais passer tous mes vendredis soir à garder.

Après son annonce coup-de-poing, ma mère continue de parler, mais je n'entends pas vraiment ce qu'elle dit. Mon regard se pose tour à tour sur P.O., surpris mais enchanté, sur Thomas, abasourdi mais amusé... Je me demande si Matthias, à son âge, est au courant du mode de fabrication des bébés. Comme il est plus calé que moi en matière de sciences naturelles, j'aurais tendance à penser que oui.

Ayant proposé de débarrasser la table pour fuir cette scène familiale, je me plains à Antoine, qui grappille quelques restes avant que je ne les jette.

— Le monde est en train de s'abattre sur moi. Continent par continent !

— Sur TOI ? Et moi ? Qu'est-ce que je devrais dire, moi ? Tu te rends compte à quel point ma vie va être transformée ? Ne jette pas ça, c'est encore bon !

— Mais non, c'est pas de la bouffe, c'est le fil du rôti ! C'est MA vie à moi qui va être transformée ! En ce qui te concerne, ça fera quelqu'un de plus pour te flatter. Dans mon cas, c'est une autre histoire !

— Les carottes, les carottes ! J'aime ça ! Donne-les-moi !

Je lui tends un morceau de légume, mais il fait la grimace.

— Ark ! Tu veux m'empoisonner ? Je le savais ! Ça commence déjà à changer. Les carottes ne goûtent plus ce qu'elles sont censées goûter. C'est le début de la fin. Bientôt, il y aura un humain miniature qui voudra enfoncer ses petits doigts cruels dans mes yeux, qui m'arrachera les moustaches et qui me tirera la queue. Et

ça, c'est si on ne me chasse pas à cause de croyances im-
béciles! Comme si c'était mon genre d'aller me coucher
sur les nouveau-nés pour les étouffer!

— N'importe quoi! Tiens, tu peux lécher l'assiette,
il reste de la sauce dedans. On n'a aucune raison de te
chasser.

— Oui, UNE raison : les humains sont bizarres.

— C'est ta réponse à tout.

— C'est LA réponse à tout. Tu vas encore m'aimer,
avec ce petit humain dans les parages?

— Bien sûr que oui! Et on ne t'abandonnera jamais,
tu fais partie de la famille!

— Je vais partir de mon propre chef si tu ne me
donnes pas le morceau de viande qui traîne là.

— C'est une serviette en papier.

— Hum! alors je veux ça ; c'est quoi?

— Une carotte.

— Donne, donne, donne!

Je soupire et lui tends le morceau de carotte. C'est
fou ce que ce chat est égoïste.

L'air sombre, Kevin entre dans la pièce avec le
reste des assiettes sales. Il les pose sur le comptoir et
s'approche de moi.

— Méchante nouvelle! Ça va?

— Hum!

— T'es pas contente?

— Hum!

— Matthias est en train d'expliquer à ta mère qu'elle ne doit pas s'inquiéter des risques liés à une grossesse tardive. Ton frère a failli s'étouffer de rire.

Je me mords l'intérieur de la joue pour ne pas sourire. Kevin, lui, ne se déride pas. Il arbore la même face d'enterrement depuis avant le souper. Lorsqu'ils sont arrivés, Matthias s'est jeté sur P.O. pour lui faire partager je ne sais quelle lecture, et Kevin s'est assis au comptoir de la cuisine avec mon père pour discuter de rénovations, de chars, de pêche ou de trous dans les bobettes (d'affaires de gars, quoi). Pendant ce temps-là, je suis allée aider ma mère à défaire l'arbre de Noël. Ma mère est complètement maniaque en ce qui concerne les aiguilles de sapin: dès que la première est tombée, il faut sortir l'arbre de la maison au plus vite.

Je me demande ce que mon père a bien pu raconter à mon amoureux pour éteindre ses yeux en si peu de temps... Mais, pour l'instant, j'ai d'autres préoccupations.

— C'est pas drôle, Kevin! Tu te rends compte de ce que ça va changer dans ma vie?

Antoine monte sur le comptoir à côté de nous pour ajouter un «et dans la mienne?» qui n'était pas nécessaire. Mon chum soupire et prend un air sévère.

— «Ce que ça va changer dans ta vie?» Ça te tente-tu, des fois, de penser à de quoi d'autre qu'à ta vie à toi?

C'était tellement pas fin, ça!

Il prend mon silence pour une invitation à continuer.

— C'est la même affaire avec Mehdi et Émilie! Tu peux-tu être contente pour les autres, des fois?

— C'est pas pareil...

— OUI! C'est la même affaire, Anita! Comment t'as pu être si... attentive avec moi et si égoïste avec le reste du monde?

« Un égoïste, c'est quelqu'un qui ne pense pas à moi », que je me dis. Ce serait drôle de lui sortir ça maintenant, quoiqu'un peu inapproprié. Mais si je ne réponds pas ça, je ne sais pas quoi dire.

Je trouve sa réaction un peu excessive par rapport à la situation. Il ne décolère pas.

— Tu faisais semblant, avec moi? C'était une *game*?

— Mais non!

Je n'aime pas du tout la tournure que prend cette conversation. Son visage passe de la colère à l'incompréhension. À un genre de fatigue intense. Comme après un aller-retour express Terre-Lune. Sur les mains.

— À quoi t'as pensé, sérieux? T'as, genre... une maladie? Un trouble de personnalité multipliée?

— Multiple. Mais non, je comprends pas de quoi tu parles...

(Plus exactement, j'espère ne pas comprendre.)

Kevin se lève et va chercher quelque chose dans la pile de papiers sur le comptoir. Des factures, des lettres, des prospectus... Il me tend une enveloppe remplie de photos.

— C'est qui, ça ? me demande-t-il en me transperçant du regard.

Le bourdonnement familier du désastre imminent. Mon cœur qui bat trop fort et ma gorge qui fait mal.

Retour en arrière, s'il vous plaît ! Quelques minutes... Objection, votre honneur ! Coupez ! Control-Z !

« Non, non, non, non, non », que ma tête se répète pour ne pas exploser sous la pression.

L'univers entier est en émoi. Aux infos, on ordonne aux citoyens d'évacuer, mais pour aller où ? C'est la panique générale. La cohue dans les rues. La terre a commencé à trembler et amorce sa désintégration finale. À São Paulo, une mère rassemble ses enfants près d'elle ; à New York, des amoureux en lune de miel pleurent dans les bras l'un de l'autre ; à Paris, une vieille porte la photo de son mari mort à son cœur et ferme les yeux.

Dans ma cuisine, les sens engourdis, j'attends que tout ce beau monde s'abatte sur moi.

J'avoue :

— C'est ma cousine Lisa.

(K)

23:17 – Tania dit :
Bravo, championne !

23:17 – Tania dit :
T'as tout gâché.

23:17 – Tania dit :
Il te pardonnera JAMAIS ça !

23:17 – Tania dit :
J'espère que t'es contente...

23:17 – Tania dit :
Ce serait jamais arrivé avec moi.

23:17 – A.n.i.t.a dit :
Je te déteste.

Dernier message reçu le vendredi 2 janvier à 23:17

Je me souviens d'avoir dit que, si ma vie avait été un livre, elle aurait pu se terminer au moment où Kevin m'a fait la plus belle déclaration d'amour qu'on puisse faire à quelqu'un.

Mais, évidemment, le temps a continué de s'écouler, et le sort a déployé tout son attirail de façons sadiques de s'acharner sur moi.

Quand j'ai su que Mehdi et Émilie sortaient ensemble, je me suis dit que c'était le pire qui pouvait arriver. Quand mes parents nous ont annoncé qu'ils allaient avoir un autre enfant, je ne parvenais pas à imaginer une situation plus affreuse. Je n'aurais pas dû parier.

Mon oreiller est trempé. De morve, de bave et de larmes mélangées. J'ai la peau à vif, le cœur dehors. Il a dû tomber et rouler pour aller agoniser quelque part dans un coin de la pièce ou sous un meuble. Je crois apercevoir l'organe manquant, encore tout animé de palpitations, entre ma table de nuit et un pied de lit. Il est, lui aussi, secoué de sanglots qui forment une flaque rouge informe sur le sol de ma chambre.

Vingt-quatre heures se sont écoulées depuis la fin du monde. J'ai dû expliquer toute l'histoire de Tania à Kevin. Je n'ai même pas pensé à faire l'innocente. D'une certaine manière, le fait qu'il soit tombé sur ces photos de ma cousine que j'avais transformée en Tania a été comme un soulagement. Je n'aurais plus à lui mentir…

Peut-être qu'il n'allait pas m'en vouloir. Ou juste un peu. Peut-être que nous allions finir par en rire...

La douleur et la déception que j'ai lues dans ses yeux me hantent. La ride entre ses deux sourcils pendant que je lui expliquais... Sa mâchoire serrée et sa voix neutre et froide quand il m'a dit : « J'espère que tu t'es bien amusée », avant de quitter la maison pour toujours...

J'aurais pu essayer de le retenir, mais je savais que ça n'aurait servi à rien.

Je me suis mise en boule sur le plancher de ma chambre et, depuis, j'attends la mort, qui tarde à arriver.

Kevin ne se branche pas sur MSN et ne répond pas à mes textos (tel que je le connais, il a dû fracasser son cellulaire sur le mur de sa chambre lorsqu'il a reçu mon premier message), et il fait également la sourde oreille à tous les messages télépathiques que je lui envoie.

Toute ma famille s'est relayée à mon chevet. Tous plus inquiets les uns que les autres. Même Thomas :

— On s'en va prendre l'avion, là... mais, si ça va pas... c'est pas long, le vol. Veux-tu que je t'appelle quand on atterrit ?

J'ai pas envie d'en parler.

Ma mère :

— Est-ce que ça a rapport avec ce qu'on vous a annoncé tantôt, ma chérie ?

J'ai pas envie d'en parler.

Mon père :

– Euh... Je... Ta mère et moi... On... Tu... Enfin... Voilà... Si tu veux, tu peux...

J'ai pas envie d'en parler.

Antoine :

– T'as envie de quoi, alors ?

Tout ce que je veux est impossible : remonter le temps, changer le passé, effacer la mémoire de Kevin, être avec Mehdi sans rien dire. Juste parce que sa présence est rassurante, et qu'il a la capacité d'aspirer tout mon malheur et de le remplacer par de la crème glacée à la vanille. Parce qu'il fabriquait un genre de petit toit au-dessus de moi avec ses mains et que, sous ce toit-là, il ne pouvait rien m'arriver d'affreux.

Maintenant, c'est Émilie qui est abritée par Mehdi. Je pense à elle, évidemment. Mais elle me poserait beaucoup trop de questions si elle était là. Et je n'ai envie d'avouer à personne ce que j'ai fait. J'ai beaucoup trop honte.

Kevin m'avait accordé sa confiance, et je l'ai trahi. Comme si j'avais construit une grande maison en biscuits et en bonbons pour attirer Hansel et Gretel dans mon four à enfants.

Moi qui pensais être une princesse, je suis une sorcière. Méchant réveil !

Peut-être qu'Émilie me réconforterait en m'assurant qu'il me pardonnera, que, s'il ne le fait pas, c'est un imbécile... Mais elle n'a pas vu le regard de Kevin. Elle n'a pas vu tout ce que j'ai cassé. Le malheur et la déception que j'ai causés. Elle ne se doute certainement pas que je puisse faire autant de peine à quelqu'un, et je n'ai pas envie qu'elle sache.

Je suis la victime et l'artisan de ma solitude.

Je suis toute seule, et ça fait mal.

(K)

23:32 – Emxx dit :
T'es là ?

23:41 – Emxx dit :
Réponds, si t'es là.

00:11 – Emxx dit :
S'il te plaît, Anita, j'ai vraiment le goût de te parler.

00:11 – Emxx dit :
J'en ai besoin, je *feel* vraiment pas.

00:33 – Emxx dit :
Je sais plus quoi te dire, là. T'es là ?

00:48 – Emxx dit :
S'il te plaît, appelle-moi demain.

Dernier message reçu le samedi 03 janvier à 00:33

Emxx s'est déconnecté(e)

J'ai mal jusqu'au bout des doigts. Et pas juste un peu mal. C'est comme si chaque pore de ma peau voulait accoucher de quelque chose de trois fois trop gros pour lui.

Il faut que ça s'arrête.

Je pense aux couteaux de cuisine, en bas, plantés dans un bloc de bois. Surtout au gros, bien affûté. Me lacérer les poignets. Avoir aussi mal au dehors qu'en dedans. Inonder la cuisine d'une mare de sang qui dégoûterait même Dexter, et mourir là, pour ne plus avoir mal.

En descendant solennellement les escaliers qui me séparent de mon triste destin, je me questionne. Qui dit que l'après-vie ne fait pas plus mal que la vie elle-même? Qui dit qu'il y a quoi que ce soit? Et s'il n'y avait rien?

Ce serait fâcheux. Sauf que rien, c'est quand même mieux que ça.

Mais si je mourais et que je m'ennuyais, après?

Je viens d'avoir un iTouch pour Noël et je ne m'en suis jamais servie. Je ne suis jamais allée à New York, je n'ai jamais sauté en parachute, je n'ai jamais joué dans un film... et je n'ai même pas fait l'amour cinq fois!

Si je mourais, mes parents seraient tristes. Mon frère et tout... Et Mehdi. Même Émilie serait triste.

Et Kevin.

Quelque chose me dit que ce mal-là ne s'en ira pas avec deux ou trois Advil... Huit? Quinze? Cent soixante-douze?

Le dos de la main gauche posé sur le comptoir, je bouge les doigts, cherche la veine. L'incision: horizontale ou verticale? J'aurais dû le googler avant de descendre. Mais bon, ça doit pas se trouver facilement: «Comment réussir son suicide? J'ai testé pour vous.»

J'appuie le plat de la lame sur ma peau. C'est froid. Le fil du couteau caresse mon poignet, la pointe pique la chair sans toutefois l'entamer.

Antoine grimpe à côté de moi et se frotte à plusieurs reprises le front sur le manche du couteau. Le front, chez ce chat, est une zone érogène.

— Qu'est-ce que tu fais? me demande-t-il, curieux.

— Je me meurs.

— Tu ferais mieux de me flatter au-dessus des yeux.

Je m'exécute.

— Tu te plains déjà quand je te griffe pour jouer... Tu penses que tu vas t'en sortir plus honorablement avec un couteau de cuisine?

— Je sais pas... que je lui réponds, penaude. Est-ce que tu pourrais me griffer jusqu'à la mort?

— Je pourrais essayer, pour te rendre service, mais j'ai des doutes, raisonne-t-il, sceptique.

— Je veux mourir !

— Le meilleur moyen d'y arriver, c'est de continuer jusqu'à la fin de ta vie, philosophe-t-il.

Je me laisse glisser le long du frigo, me faisant bercer par son bourdonnement. Le chat me rejoint et pose sa tête sur mon menton.

— Mais si tu meurs... Est-ce que je pourrai manger ton poisson rouge ?

La lumière de la cuisine s'allume vers 6 h 30. Ça me réveille. Antoine est couché sur moi ; j'ai des fourmis dans les cuisses, les fesses qui font mal et le cou endolori. C'est qu'on dort mal contre un réfrigérateur.

Lorsqu'elle m'aperçoit, ma mère sursaute et pousse un petit cri.

— Ah ! Anita, qu'est-ce que tu fais là ? Tu m'as fait peur ! Tu as dormi dans la cuisine ? Vas-tu me dire ce qui se passe ?

J'ai faim.

Une ribambelle de toasts, d'œufs et de muffins anglais à la gelée de groseilles me vient à l'esprit.

C'est vraiment nul. Je n'ai jamais été plus malheureuse. On m'a retiré toute possibilité de bonheur, me laissant morte-vivante, affligée de toutes les douleurs du monde. J'envisageais de me suicider il y a à peine deux heures, et maintenant j'ai faim.

Ça m'enlève toute ma crédibilité en matière de malheur.

— Tu veux manger ? me demande maman. Je peux te faire des toasts ou des œufs... Il reste des muffins et de la gelée de groseilles. Ton père en a racheté.

Bon, voilà qu'elle lit dans mes pensées ! J'ai entendu dire que les femmes enceintes avaient des pouvoirs spéciaux, mais je ne me souviens plus si c'était dans un documentaire scientifique ou dans un épisode de *Charmed*. Je me relève et m'éloigne difficilement sur mes jambes engourdies.

— Anita ? Tu veux manger ? insiste-t-elle.

— Pas faim.

Dans les escaliers, mon ventre gargouille. Il me reste peut-être encore des Oreo sous mon lit.

— Non, il n'y en a plus, on les a partagés l'autre soir... se mêle Antoine, que j'ai toujours dans les bras. Si ça te dérange pas, j'ai entendu ta mère parler de muffins...

Pour se défaire de mon étreinte, le chat prend appui sur mes avant-bras et s'élance, me laissant ainsi une bonne égratignure.

Ouch !

Quelques gouttes de sang perlent de la plaie, mais rien de plus alarmant. Dans quelques minutes, mon bras va arrêter de m'élancer ; d'ici quelques jours, la plaie va cicatriser, piquer un peu, et la gale va tomber. J'aurai une cicatrice pendant quelques semaines, puis il n'y paraîtra plus.

Peut-être que ça va faire la même chose avec mon cœur.

Ou pas.

(K)

De : Moi
À : Kevin
Date : Mercredi 07 janvier
À : 17:16

T'étais pas à l'école tantôt. Fallait que je te parle.
Tu seras là demain?

Je ne sais pas où j'en ai trouvé : c'est peut-être le retour à l'école qui me fait cet effet mais, ce matin, je suis remplie d'espoir.

J'ai un plan : après les cours, je vais aller voir Kevin, je vais m'excuser pour la millième fois, il va me dire qu'il m'a pardonné, on va s'embrasser, aller chez lui, faire l'amour... et toute cette histoire ne sera plus qu'un mauvais souvenir.

Si c'est si facile que ça, pourquoi mes tripes se tordent-elles à l'idée de le croiser ? Pourquoi mes membres s'engourdissent-ils quand j'envisage de lui parler ?

Je m'apprête à passer la journée la plus longue et la plus éprouvante de ma vie.

(K)

19:24 – A.n.i.t.a dit:
T'as des nouvelles de Kevin?

19:24 – s(A)m dit:
Je l'ai croisé au *skatepark* tantôt; tu devineras jamais avec qui il était!

19:24 – A.n.i.t.a dit:
Il y est toujours?

19:24 – s(A)m dit:
Non, il partait.

19:24 – s(A)m dit:
Zack Moore!

19:25 – A.n.i.t.a dit:
Il t'a parlé de moi? Il avait l'air comment? Pourquoi il vient pas aux cours?

19:25 – s(A)m dit:
ZACK MOORE!

19:25 – s(A)m dit:
C'est malade, non?

19:25 – s(A)m dit:
Au fait, vous êtes toujours ensemble?

Dernier message reçu le jeudi 08 janvier à 19:25

Ça fait presque une semaine que je me dis tous les matins que, cette fois, c'est la bonne, que c'est aujourd'hui que Kevin va me pardonner et, chaque matin, je me heurte à son absence quand j'arrive à l'école.

À force de ne penser qu'à ça, j'ai oublié d'appeler M. Benaceri pour changer mon horaire au dépanneur.

Je me ramasse donc ce soir à travailler avec Mehdi.

Quand j'arrive, ayant pratiqué mon air nonchalant et envisagé toutes les réponses possibles à toutes les questions possibles pour finalement me décider à l'ignorer superbement... il n'est pas là.

C'est à croire qu'ils se sont donné le mot, Kevin et lui.

L'infâme Jeff est en arrière du comptoir, sa grasse tignasse dépassant de sa tuque.

— Mehdi est en retard.

— Ah! Tu sais pourquoi?

— 'passait son permis.

Évidemment.

Émilie ne pourrait pas sortir avec un gars qui ne conduit pas. Elle a dû le pousser à réessayer d'obtenir finalement son permis. Je ne serais pas surprise de le voir entrer les cheveux coupés, une belle chemise propre sur le dos à la place de son chandail informe.

Tant pis, ça ne me regarde plus.

J'ai prévu de l'ignorer, alors c'est ce que je vais faire. J'ai déjà bien assez de mes problèmes à moi sans aller m'occuper de ceux des gens qui ne sont plus mes amis.

Ça a très bien fonctionné avec Émilie.

Elle est venue me voir lundi, l'air désespéré, pour me dire qu'il fallait qu'elle me parle. Elle m'a presque suppliée.

J'avoue avoir été tentée de lui répondre mais, comme je ne savais pas si j'avais envie de lui pardonner ou d'être encore fâchée, j'ai préféré faire comme si je ne l'avais pas entendue.

C'est sûr que j'aurais pu oublier tout ça pour que notre amitié redevienne comme avant. En cette période sombre, j'aurais pu avoir besoin d'elle, lui demander conseil... mais j'aurais certainement fini par pleurer dans ses bras, et je ne lui fais plus assez confiance pour ça.

Je ne lui fais plus assez confiance pour rien.

Si je pouvais ne plus l'aimer, par contre, la situation serait beaucoup plus facile.

— Bon ben, vu que t'es là, je m'en vais ! Y devrait pas tarder. J'ai pas rangé la commande ; me suis dit que t'allais t'en charger. Bye !

L'employé du mois, ce Jeff.

Enfin, bon, avec toute la neige qui est tombée aujourd'hui, les clients ne se bousculeront pas ce soir. Ça risque d'être aussi ennuyeux qu'un documentaire sur la reproduction des huîtres. Alors, au fond, c'est bien que j'aie de quoi m'occuper. Et puis, comme ça, je ne serai pas tentée de parler à Mehdi.

Je me demande s'il a eu son permis.

La clochette de la porte se fait entendre. C'est peut-être lui. Ou Kevin...

Bien sûr ! Kevin a passé la semaine à m'éviter, mais il va choisir LA soirée où il sait que je travaille au dépanneur pour venir acheter ses cigarettes ! Ce serait tout à fait son genre.

— En tout cas, tu ne verras pas beaucoup de gens aujourd'hui ; il fait un temps à ne pas mettre un chat dehors ! Allez, bonne soirée ! me souhaite la cliente en ouvrant la porte du magasin.

Dehors, je l'entends continuer :

— Tiens, salut Mehdi ! Rentre vite, tu vas attraper froid. Ton père ne te paie pas assez pour que tu te promènes sans manteau de même ?

Ne pas lui sauter au cou, ne pas lui sauter au cou, ne pas lui sauter au cou. Ne pas lui dire que je me suis ennuyée de lui. Rester froide, distante, mais polie.

Au-dessus de tout ça. Jouer l'indifférente.

Il secoue la tête à l'entrée, passe en arrière du comptoir, dépose ses mitaines et son chandail trempés près de la chaufferette et reste planté à côté de moi sans rien dire.

— T'as encore de la neige dans les cils, que je lui dis, uniquement pour ne pas être accusée de non-assistance à personne en danger au cas où son œil gèlerait ou quelque chose comme ça.

Toujours muet, il s'essuie le visage du revers de la manche.

— T'as eu ton permis?

Il hausse les épaules, prend un carnet de commandes et s'en va faire l'inventaire. Je le suis. Belle façon de rester distante, froide, mais polie!

— Tu boudes? T'es fâché? que je demande à son dos.

Mon ami continue de compter ses boîtes de conserve. Je ne l'ai jamais vu aussi zélé.

— J'ai pas envie que tu sois fâché, Mehdi.

Au-dessus de tout ça... Indifférente... J'y ai presque cru.

— Je m'excuse, j'aurais pas dû être fâchée après toi. J'avais peur... que... de... je sais pas, j'avais juste peur. Tu me manques. M'en veux pas, s'il te plaît.

Ce n'était pas du tout ce que j'avais prévu de dire, puisque j'avais prévu de ne rien dire. En ce moment, je donnerais n'importe quoi pour un câlin. Pour qu'il me protège et que tout aille bien juste le temps que je suis dans ses bras, que je reprenne des forces avant de repartir me casser les dents sur un mur de béton.

Ou sur Kevin.

Il dépose son carnet et son stylo sur l'étagère. Comme s'il avait lu dans mes pensées, il me serre contre lui, et je parierais que le temps s'arrête.

— Alors, ça va mal, tes affaires, j'ai entendu?

— J'ai pas envie de parler de ça tout de suite, que je lui réponds en relevant la tête.

Il essuie mes larmes avec son pouce.

— T'as encore de la neige dans les cils.

Je ne me souvenais plus que je pouvais sourire.

(K)

23:45 – A.n.i.t.a dit:
On peut se voir demain si tu veux.

23:45 – Emxx dit:
J'aimerais ça.

23:45 – Emxx dit:
Je vais vraiment pas bien. : (

23:45 – A.n.i.t.a dit:
Mehdi m'a raconté.

23:45 – A.n.i.t.a dit:
Moi non plus, je vais vraiment pas bien.

23:46 – Emxx dit:
Qu'est-ce qui se passe?

23:46 – A.n.i.t.a dit:
Kevin... je te raconterai.

23:46 – A.n.i.t.a dit:
T'es vraiment triste?

23:46 – Emxx dit:
Vraiment, vraiment, vraiment.

Dernier message reçu le vendredi 09 janvier à 23:45

— Alors, c'est ça, t'sais... Elle est cool, Émilie, et tout... Mais... c'était bizarre. Et pas du tout comme j'avais imaginé. Je sais pas, en fait. J'ai l'impression que ça m'a fait vieillir tout d'un coup, cette histoire. J'ai l'air différent, tu trouves ?

— T'as pas l'air d'avoir changé.

— Non ?

Je hoche la tête en signe de dénégation.

— Oh ! me répond-il, visiblement déçu.

— Alors... si je comprends bien, c'est toi qui lui as brisé le cœur ? C'était censé être l'inverse.

— Ah ! Anita ! Dis pas ça ! Elle est vraiment impressionnante, Émilie. Elle est belle, intelligente... Elle a tout pour qu'un gars tombe amoureux...

— Justement, t'avais l'air pas mal amoureux.

— Je sais... c'est pour ça que je me trouve con.

— Hum !

— Tu comprends pas ?

— T'as été déçu parce qu'Émilie n'était pas la fille que tu croyais ?

— Non... pas déçu. Juste... je sais pas...

— Déçu.

— Ouais. Mais pas par elle. En fait, c'est que je me faisais une idée fausse. J'imaginais que ça allait être... comme avec toi, genre. Le fun... pas difficile... J'imaginais pas que ça pouvait être si compliqué.

Je suis peut-être égoïste (du moins c'est ce que pensent certains), mais je ne peux m'empêcher de voir un parallèle avec ma situation. C'est exactement ce que Kevin doit être en train de se dire à propos de moi.

— Ben oui, mais t'as déjà eu des blondes, avant; c'était pas la première. On est toujours compliquées, nous autres, les filles. Et vous aussi. Mais pas compliqués pareil. C'est pour ça que ça finit toujours mal.

— Ouais, j'ai eu d'autres blondes... mais bon...

— Ça a toujours mal fini?

— Non... pas mal fini... Juste... je sais pas...

— Mal fini.

— Ouais.

Mehdi et moi faisons une belle paire!

Je soupire.

— Vivement que ce soit fini, toutes ces histoires-là...

Assis à côté de moi, les mains sur les cuisses, il reste pensif un instant et répond:

— On va pas bien, hein?

Non, on va pas bien.

Une chance qu'on s'a.

(K)

De: Moi
À: Kevin
Date: Dimanche 11 janvier
À: 13:19

Tu vas être là, demain? Faut qu'on se parle
pour vrai, là...

De: Moi
À: Kevin
Date: Dimanche 11 janvier
À: 21:20

Je m'ennuie de toi.

Encore un autre matin.

Encore une autre journée.

Encore mon cœur qui explose quand je vois un sac à dos qui ressemble à celui de Kevin posé par terre, quand le prof prend les présences et que son nom résonne dans la pièce, quand je crois l'apercevoir au détour d'un couloir... et ce n'est jamais lui.

Il faut que je fasse quelque chose.

— Monsieur Paré ?

— Mademoiselle Morin, que me vaut l'honneur ?

Le directeur me fait penser à mon père, avec ses grandes tournures de phrases et ses manières grandiloquentes.

Je reste sur le seuil de son bureau, mais il me fait signe d'entrer. Je ne sais pas si je dois fermer la porte ou non, alors je la laisse ouverte. J'ai des traces de calcium sur mes chaussures et je déteste ça. J'essaie de les essuyer en les frottant sur le bas de mes pantalons, mais seize ans d'expérience m'ont appris que c'est peine perdue. Un jour, je ferai un top 5 des choses que je fais même si je sais que ça ne sert à rien. J'ai déjà le numéro un : texter Kevin.

— Mademoiselle Morin ?

— Euh... oui. Bonjour.

— Bonjour...

Il a l'air de se demander ce que je fabrique dans son bureau. Je me pose la question également. Je prends une grande respiration, soupire, lève les yeux au ciel, sautille d'un pied sur l'autre. Pendant tout ce temps-là, le directeur me scrute, un sourcil relevé. C'est lui qui finit par me demander :

— Comment allez-vous en ce moment, Anita ?

— Bien, que je réponds, évasive.

— Très bien. Alors, que puis-je pour vous ?

J'inspire, expire et me lance.

— C'est au sujet d'un de mes camarades...

Je ne savais pas que j'étais capable de continuer de parler tout en m'évadant dans mes pensées mais, manifestement, je le suis. C'est le mot « camarade » qui déclenche ma rêverie : chaque fois que je l'entends ou que je l'utilise, je me retrouve en 1905, dans une minuscule cuisine du centre de Moscou, fomentant un attentat.

Flash.

— Es-tu sûre que la bombe va se déclencher à temps, camarade Anita ?

— Oui, camarade Kevinsky. Tout est prêt. Mais promets-moi que tu ne mettras pas ta vie en danger...

— Si la révolution réclame ma vie, c'est avec plaisir que je la lui offrirai. J'ai tué pour elle, et aujourd'hui je suis prêt à mourir pour elle.

— Et pour moi ? Que ferais-tu pour moi ? Serais-tu prêt à renier la cause ?

Réprimant mes sanglots, je détourne le regard. Lorsque j'ai joint le parti, j'ai dû faire des pieds et des mains pour qu'on me prenne au sérieux. Si mes camarades clament haut et fort que femmes et hommes sont égaux et qu'ils devraient avoir les mêmes droits, l'organisation reste tout de même un milieu en majorité masculin. J'ai dû jouer des coudes pour me faire respecter. Être froide et dure. Presque métallique. Renier mon sexe, mes sentiments et mes émotions. Pour le bien de la cause.

Ce n'est que lorsque Kevinsky a rejoint nos rangs que ma féminité a refait surface.

L'air sombre, ignorant les larmes qui roulent maintenant sur mes joues, il m'attire brusquement à lui et m'embrasse passionnément.

Après m'avoir fait l'amour en silence, il se fait plus doux, presque caressant.

J'espère quelques secondes qu'il décidera d'abandonner la cause et me choisira, moi, mais, lorsque je vois un pistolet scintiller dans sa main, je comprends.

Le visage sans émotion, il pointe l'arme vers moi et, d'un ton monocorde, déclare :

— Tu n'aurais pas dû essayer de te mettre entre la révolution et moi.

La porte claque derrière lui. Une araignée a tissé sa toile au plafond, et une tache d'humidité a la forme d'un chien. Je ferme une dernière fois les yeux.

– Votre camarade ne fait plus partie de notre établissement.

Mes flashs révolutionnaires finissent toujours de la même façon. C'est la faute à Sartre et à Camus, qui n'ont jamais terminé un roman par « ils furent heureux et eurent beaucoup d'enfants ». Toutes les lectures que m'a conseillées Thomas m'ont enlevé la capacité de voir tout en rose.

– Est-ce que ça répond à votre question, mademoiselle Morin ? me demande le directeur, camouflant mal son exaspération.

– Euh... comment ? J'ai pas entendu, j'ai un problème de... d'oreille.

M. Paré soupire et, d'une voix exagérément intelligible, m'informe :

– M. Savard ne fait plus partie des élèves de notre établissement.

epizod

DANS LE PROCHAIN ÉPISODE

Il faut croire que l'écroulement du monde n'était pas encore tout à fait terminé. Une dernière brique vient de me tomber dessus : Kevin ne vient plus à la même école que moi. Où est-il ? Que fait-il ? Comment pourra-t-il me pardonner un jour s'il m'est impossible de le joindre ? Je devrais peut-être prendre le taureau par les cornes et aller carrément cogner chez lui... en espérant ne pas me retrouver face à face avec sa mère !

EN VENTE PARTOUT
LE 16 NOVEMBRE 2009

Sophie Bien

LA DISCUSSION DE L'HEURE :
Que fais-tu pour te remettre
d'une peine d'amour ?

epiz

LES SÉRIES   LES AUTEURS   CAPSULES

(k)

Épisode
12

Je ne me
suis
pas tuée

zod.

COM

Rock & Rose

UNE HISTOIRE SUR FOND DE GUITARE ET DE GLAM

En vente partout

Pavel

e série de Matthieu Simard

ntre réalité et fantastique,
avel parle d'amour, d'amitié
t de liberté

btiens ton livre gratuit sur
epizzod.com!

Une enquête mêlant écoterrorisme et trahison

Les Allergiks
Une série d'ANDRÉ MAROIS

Obtiens ton livre gratuit sur epizzod.com !

epizzod

Sophie Bienvenu

Sophie Bienvenu est une fille, une jeune fille ou une femme, selon son humeur. Elle possède un chien, des draps roses et un sofa trop grand pour son appartement. Après avoir suivi une formation en communication visuelle dans une prestigieuse école parisienne, elle a décidé d'exercer tous les métiers possibles jusqu'à ce qu'elle trouve sa vocation. C'est en 2006, lors de la parution de *Lucie le chien,* que Sophie Bienvenu a décidé de devenir une auteure (idéalement célèbre et à succès) ou du moins d'écrire des histoires qui plaisent aux gens. Dans sa série *(k),* elle dépeint des jeunes évoluant sur fond d'amour, d'humour, de drame et de fantaisie.

Salgood Sam

Au début des années 1990, Salgood Sam fait de la bande dessinée et de l'animation tout en pratiquant d'autres formes d'art. Depuis l'an 2000, il se livre aussi à l'écriture, au « blogging » ainsi qu'au « podcasting ». Il a publié plus d'une trentaine de titres de bandes dessinées chez Marvel et DC Comics, et a été finaliste dans la catégorie « talent émergent » à l'occasion de la première édition des prix Doug Wright en 2005. En 2008, il a collaboré avec l'auteur et éditeur Jim Monroe à la publication du roman graphique *Therefore Repent.* En 2009, plusieurs de ses nouvelles paraîtront dans les anthologies *Comic Book Tattoo* et *Popgun 3.* La publication de *Revolver R* est également prévue pour octobre 2009. *(k)* est la première collaboration de Salgood Sam avec la courte échelle.

Les éditions de la courte échelle inc.
5243, boul. Saint-Laurent
Montréal (Québec) H2T 1S4
www.courteechelle.com

Direction littéraire : Julie-Jeanne Roy

Révision : Leïla Turki

Direction artistique : Jean-François Lejeune

Infographie : D.Sim.Al

Dépôt légal, 4ᵉ trimestre 2009
Bibliothèque nationale du Québec

Copyright © 2009 Les éditions de la courte échelle inc.

La courte échelle reconnaît l'aide financière du gouvernement du Canada
par l'entremise du Programme d'aide au développement de l'industrie de
l'édition pour ses activités d'édition. La courte échelle est aussi inscrite au
programme de subvention globale du Conseil des Arts du Canada et reçoit
l'appui du gouvernement du Québec par l'intermédiaire de la SODEC.

La courte échelle bénéficie également du Programme de crédit d'impôt pour
l'édition de livres – Gestion SODEC – du gouvernement du Québec.

**Catalogage avant publication de Bibliothèque et Archives nationales
du Québec et Bibliothèque et Archives Canada**

Bienvenu, Sophie

   Je ne me suis pas tuée

   ((k) ; épisode 12)
   (Epizzod)
   Pour les jeunes de 14 ans et plus.

   ISBN 978-2-89651-160-0

   I. Sam, Salgood. II. Titre. III. Collection: Bienvenu, Sophie,
   1980-   . (k) ; épisode 12. IV. Collection: Epizzod.

PS8603.I357J4 2009   jC843'.6   C2009-942206-9
PS9603.I357J4 2009

Imprimé au Canada

DANS LA MÊME SÉRIE

RETIRÉ DE LA COLLECTION
DE LA
BIBLIOTHÈQUE DE LA VILLE DE MONTRÉAL